句集

人のかたち

Hito no Katachi

Haiku

Popona Tsukino

月野ぽぽな

左右社

人のかたち

序に代えて

金子兜太

月野ぽぽなはニューヨークに暮らして、俳句という最短定型の民族詩を、日本人である自分の体（私は肉体とも身心とも言う）で消化しようとしている。生活者の体で勝負しているということ。その姿勢を多としている。

――『海程』No.445　二〇〇八年八・九月合併号　海程新人賞選考感想より

月野ぽぽなは想念をいつも夢で温めようとしている。

――『海程』No.505　二〇一四年八・九月合併号　海程賞選考感想より

目次

写真――鈴木理策

装幀――佐野裕哉

I

待針

2004–2009

街灯は待針街がずれぬよう
鳥よりも高きに棲むを朧という

腕時計はずせば草萌の湿り
擦り傷のような微笑み春紫苑

感情に皮膚ある夕べ花あざみ
鳥の巣のはなし朝の灯ともすまで

花冷えや母の匂いの貝釦

高層という滝の只中にいる

二の腕に翼の記憶新樹光

波打ち際は初夏の鍵盤指を置く

泉に集まる傷つきやすき袋達

祈りというまっすぐな線麦の秋

耳底のつめたきホタルブクロかな

飽和せり汝の沈黙も百合の香も

真水汲むように短夜のＦＭ

まなざしは優しい裂け目ねぶの花

民族は固き矢印土灼けつく

夕立はナウマン象の一部分

一心に空の崩れる夕立かな

大阪のことば肉感的に夏

ずぶ濡れの音して咲けり凌霄花

ソーダ水痛い音して地下鉄来る

夏の果ランタン灯すように和音
旅はゆりかご人は雫になる途中

人許すこと朝顔が開くこと

父の草匂う段丘銀河濃し

よく眠り銀河すみずみまで調弦
異国語で見る夢ひややかな果実

繊月と潜在意識共有す

ふるさとよ生煮えの月出てきたる

霧の道ゆかねば木霊さみしがる

野分あと草とわたくしと混ざる

フルートという秋冷の棒に息

あめりかの紅葉おおぶり感情も

冬の月しんそこ零になりたい日

天体の数おおすぎる風邪ごこち

星にあるかすかなパルス結氷期

存分にくちびる汚し聖菓食ぶ

薬莢めく口紅転がりつつ凍てて
うつぶせの落葉あおむけの落葉

冬眠は一番やわらかい拠点

陽光やくしゃみの犬に Bless you

つばめ飛ぶ空に心音だけ残し

大野原蜂は無限大を練習

戦渦ありたんぽぽ揺らす風があり
高層に春雪は降る渇きつつ

はるのくれひらがなのようにみちくさ
しゃぼん玉こころの速度かと思う

Ⅱ ぶらんこ

2010–2011

海側は夏の匂いの自由席

水はらうように指揮棒五月来る

てのひらは旅するこころ柏餅

一よりも淋しきいのち髪洗う

花うつぎ愛情という非対称

舌先の尖る泰山木の花

恍惚の一片としてなめくじり

昼過ぎの人の濁りの薄暑かな

ががんぼ飛ぶ空気にひっかかりながら

ピッチカート蛍ピッチカート蛍

短夜のグランドピアノ獣めく

黒ビールざらりとジャズトリオ光る

鈴鳴らすように旅人汗をかく

みぞおちは破船の昏さ草いきれ

先すでに草になりたる髪洗う
泳ぎきりしばらく水のままでいる

折り癖のついた感情牽牛花
むきだしの鼓動となりぬ花カンナ

その中に崩落の音花カンナ
泣くために溜めておく息夕花野

初めての言語のように石榴食む

母国語は日だまりのよう小鳥くる

手紙読む月の樹海をゆくように

稲雀空にぶつかっては沈む

松茸に太古の空の湿りあり
黄落す光が重たすぎるとき

外套を着て匿名のわたしたち

初冬やへブライ文字は火のかたち

小春日のたっぷり入るティーポット

母に添い寝雪の深井戸のぞくよう

こどもたち鮫がこわくて鮫がすき
毛皮より短きいのち毛皮着る

狼の目に中世の風ありぬ

傷口に触れないように山眠る

みずうみは凍てて翼の昏さかな

風を乗り継ぎ光る木光る木の林

陽炎はとてもやわらかい鎖

蛇穴を出て青空の青沁みる

アスファルト春眠の人載せている

廃墟に陽風船の色流れゆく

花すみれ朝の祈りのように咲く

ふくらはぎの深さに藤の花咲けり

春燈のようにホルンの音ひとつ

佐保姫のハミングをするときは風

桜咲く乳房あることたしかめて
どこまでがあなたどこからが桜

風車かなしいときは風を足す
ぶらんこの鉄に戦歴あるだろうか

Ⅲ 一枚の雨音

2012–2014

立春の枝を大きく蹴って鳥

春風の裾をつまんで飛び越える

恋猫の声と星座と混み合うよ

涅槃西風あめ玉は舌傷つけて

耕人の閃きながらすすみゆく
生みたての卵のようなチューリップ

通勤にまじる旅人鳥ぐもり
逃水のくるぶし見えている異郷

紋白蝶イスラムのお祈りの上

日にいくたび陽は戦争の上とおる

赤ちゃんが赤ちゃんさわる春の雪
風船は真昼を追いこしてゆけり

闇に散るさくら光に散るさくら

うつぶせは沼の淋しさ夕薄暑

ひりひりと蚯蚓の一日はじまりぬ

恥ずかしくなった子から沈む

夏つばめぱちんと朝の空弾く

翼たたんで麦秋の風に一泊

白夜から戻りて遠浅のからだ
大氷河青空の青隙間なし

全山の息を殺して蛍待つ

わたくしの闇と蛍の闇まざる

ホタルブクロ生まれる前に聴いた声

水こわい子が一人いる水遊

青葉風マンハッタンを駆け上がる

近道は細道ゆうやけの匂い

旅に寝て我は一枚の雨音

銀漢はいちばんしなやかな背中

銀漢はびしょ濡れのまま街の上
白きょう傷を見せ合う少女たち

撫子の空にくすぐったいところ
咲ききって萏のごとし吾亦紅

かまきりは草のおもさの鎌をふる

口径いくつ銃口いくつ蓮の実とぶ

美しき引っ掻き傷よ流星は
朝露は光の卵こわさないで

流木は光の棲家冬はじめ

入江めく真昼の愛撫つわの花

冬霧の膝を崩して夜の底へ
湯ざめして身ぬちの星座あきらかに

いきものの内側濡れて冬銀河

人間のあと冴え冴えと文字のこる

祈りの息錨を下ろすように冬

冬麗の飛行機十字架のごとし

尖る日は水鳥の水を見にゆく
これはまだ幼い鎌鼬だろう

五感より遥かなところ雪がふる
初夢を明るいほうへ歩みゆく

Ⅳ 前のめり

2015-2016

薄氷のようにピアノの音消える

通勤にぶつかっている春一番

囀のしぶきを浴びながら歩く
更紗木瓜水を出てゆく真昼の陽

花ぐもり犠牲フライを深くゆるし

生理用ナプキンに羽根花の冷

春宵の舌にからまる赤ワイン
朧夜を死後の柔らかさと思う

海が溢れぬように鏡を伏せて春

人間と居て人形の春愁

てのひらの広々とある立夏かな

薫風を旅の手帖に挿みけり

薔薇の香や永久に雨やまぬかも

初蛍電車の音に消えそうな

息ひとつ蛍火ひとつ響きあう

夏至の鳥みじかい言葉木に結ぶ

全山に紫陽花の色ひびきけり

麦熟星あしたも会うみたいに別れ

すきまなく滝に貼りつく滝の音

草の先から夕焼のひとしずく

翅と翅ふれ合う捕虫網の中
サングラス甲殻類のように置く

夕立や万年筆は辞書の中

稜線を侵す雲あり葛の花

途中下車してしばらくは霧でいる
ブラウスに霧の匂いの腕とおす

マネキンの無音の並ぶ秋の昼

草の架消えるよビルが眩しくて

深く吸う九月十一日の空

初鴨の一直線に水ひらく

フェラーリの加速のごとき唐辛子

息できぬほどの星月夜となりぬ

月を見るおいしい水を飲むように
外したるマスクしばらく息をせり

たまごやき小春日和の味がする

少女から少女へわたす白うさぎ

冬の薔薇あり血液に疲れあり
暖炉燃ゆときに刃物の音たてて

十二月八日圧力釜が鳴る
縛られて聖樹売られてゆきにけり

黄色くて小さいわたし雪がふる
スケートの刃にうたかたの身をのせる

年移るあらゆる肌の色の上
かなしめば寒晴の空がらんどう

ひとつでも混み合っている葉牡丹よ

栗鼠走る落葉の光かき分けて

パイプオルガン響くがごとし寒茜

大木の記憶に雪の一部始終

雪の夜のしりとりいつのまにか夢
湖凍る星漉き込んで漉き込んで

息ひとつ吸って初鏡に入りぬ

待春の自由の女神前のめり

V　エーゲ海

2017

野に向かう鉄路の匂い春の雪

トンネルに囀ひとつ迷い込む

春昼のビルに映りて空たわむ

壁を走る冒瀆の文字凍返る

青空に疲れてしゃぼん玉消える

旧約に挿む栞やリラの冷

まばたきで仕上げる春の付け睫毛

木に草に髪に根のある朧かな

うっとりと血液めぐる花の昼
まだ人のかたちで桜見ています

巣づくりの嘴うごくとき光る
母の日の晴れ間へと母さそいだす

大手毬ふれば昨日の雨匂う
水かけて家壊すなり橡の花

夏の月ひとつ狂想曲ひとつ
ぼうたんは人思う乳房の重さ

生まれけり蛍と水を分け合いて

蛍火を待つ両脚を草にして

風ごとに丈を正せり立葵

夏の蝶風にぶつかりつつ交む

自らの蕊に汚れる白百合よ
出発のベルほの青き朝ぐもり

香水の香が雑踏をさまよえり

万緑や軽い軋みとしてわたし

人に言葉万緑に葉という祈り

青胡桃おちて故郷の音かすか

はじまりは紐のようなり揚花火

魚のように放つよ夜更しの素足

エーゲ海色の翼の扇風機
カンナの緋プロメテウスが盗んだ火

青空は青惜しみなく秋に入る

黙禱を包むつくつく法師かな

一匹の芋虫にぎやかにすすむ

太陽は遠くて近し芒原

耳たぶに何も無い日よ草の花

桃を剝きゆく指輪ごと桃に濡れ

もてあます葡萄ひとつぶほどの鬱
ブイヨンに浮かぶ夜長の油の輪

潰されて車は野紺菊のものの
コスモスの風がギプスの子に届く

あ今の流星神様の筆圧

青空を木の葉と鳥とすれちがう

スケートのひとびと昼を流れゆく
気付かれぬように雪から戻りけり

息止めて聖夜の肉に刃を入れる

少年と朝の氷の一欠片

受け取ってそっと初笑を返す
手袋の手をとりだして鍵盤へ

Ⅵ 見えないもの

2018–2021

梅一輪平野一枚を統べる

天に星地に梅ともし兜太逝く

湯の底にたどりつく肌桜の夜

父と夫おなじほほえみ花菜風

はつなつの上澄みとして母眠る
卯の花腐しゆっくりずれる星の軌道

棘に触れ葉の先に触れ梅雨の蝶

あきらめのあかるさ昼顔の真昼

まだ星の匂いの残る草を引く

蓼の花今生に人産まざりき

つぶやいてつぶやいて稲花盛り
どこからがまぼろし風の芒原

鶺鴒が仔犬の墓にふれてゆく

灰よりもしずか凍蝶の日だまり

冬の陽という神獣を飼いならす
肉体はやわらかき柳冬薔薇

もうすぐで雪のはじまりそうな肌
初夢の醒めぎわにおり鳥のまま

手袋に旅立ちの指満たしけり

春光をゆく暗闇をゆくごとく

水際にきてきさらぎの呼気吸気
風邪ひいているしゃぼん玉あるかしら

囀の空映し合うビルディング
待つという静かな未完木の芽雨

啓蟄を昏くぬかるむ脇の下

満開の紫木蓮ふと鉄の肌理

分身として朧夜の声ひとつ

春眠の覚めぎわ羊水の昏さ

口中に舌やわらかき桜かな

桜から桜へわたりゆく翼

人であることを忘れるほど桜
桜散る見えないものに触れながら

摩天楼だろうか蜃気楼だろうか
計ることやめた天秤春の星

いつか土に還りて春の月浴びる

人消えて青空群れている夏野

蛍火の縺れあうとき闇匂う

万緑をわたし無くなるまで歩く

途中から虹現われるチューインガム

天高くあり口笛を吹くために

草の根に草の根ふれて星流れる

マフィンからはみ出す果実秋うらら

コピー機に釣瓶落しの紙を足す

レコードのはじめ銀河の音の満つ

心音をふたつ並べて月を待つ

林檎剝く部屋の重心うつりゆく

銀色のおりがみに顔ゆがんで冬
凍つる夜をピアノの音の密ひかる

大都市を煌めく枯野だと思う
くしゃみして大空の星ひとつ消す

太編みのセーターを着て急がない

ゆらゆらと初湯のところどころ夢

VII 鼓膜

2022–2023

白梅のひとひらふたひら母の鼓膜

母の死を灯して春の闇ゆたか

母を地に還し椿の蕊そろう
生きているくちびる粘り花の昼

父になったり母になったり夕桜

思い出の順序ちぐはぐきんぽうげ

春惜しむ二階をぜんぶ風にして

着るように新緑の母屋に入る

母の亡き最初の母の日の日差し
かなしみを手放すかたち朴の花

滝に目を瞑れば世界すべて滝
父の日の戦場の父たちのこと

はんざきのどろりと動く夜の底

白日を腕おもたき凌霄花

旧姓が集まっているレモネード

星月夜土偶に簡単な乳房

うっすらと傷の脈打つ秋海棠

八月の椅子置けば八月の影

見上げれば空の秋思の限りなし

満月と呼吸あわせている地球

少年になりたい少女林檎嚙む

白湯のんで体すみずみ月あかり

ティラミスの断層傾ぐ昼の月

大陸に国境多し鳥渡る

子らのてぶくろ空をゆくものを指す

マスク取るとき星空のざわめくよ

あめつちの光に濡れて福寿草

白梅や兜太の揮毫脈を打つ

青天の天竜川の花盛

さきみちてさくらこのよにおさまらぬ

脱ぐたびに体のどこかから花びら
まっさかさまに春眠の渦の中

句集　人のかたち　畢

あとがき

早いもので、夫の留学に伴って米国ニューヨーク市に渡ってから三十二年が、そして、ふと訪ねた詩歌のサイトにて、俳句を始めてからは二十二年が経ちました。本書は私の第一句集です。二年の独学の後、故金子兜太主宰「海程」に入会した二〇〇四年から、二〇二三年までの作品より三二八句を収録しています。

Ⅰは、海程時代の初期の作品群。この時期にあたる二〇〇八年には、高野山で行われた海程新人賞授与式にて兜太先生との初対面が叶います。Ⅱは、現代俳句新人賞受賞作を含みます。Ⅱ、Ⅲ、Ⅳ、ⅤとⅥの初期にあたる二〇一〇年からの九年間には、毎年、母の日から七月の母の誕生日までの二ヶ月間を日本に滞在し、母と過ごす傍ら、親愛なる仲間と句座を共にするのが倣いでした。Ⅴは角川俳句賞受賞作を含みます。Ⅵにあたる二〇一八年から二〇二一年には、兜太先生と義父の他界、新型コロナウイルス感染症の世界的大流行を、つづくⅦにあたる二〇二二年から二〇二三年には、感染症の収束による三年ぶりの帰国、母と義母の他界を経験します。この二十年間の全ては、すでに夢の中のことのようです。

タイトルの元になったのは、ニューヨークのセントラルパークの満開の桜の下で生まれた、「まだ人のかたちで桜見ています」。かたちはなくとも桜に集う、父母、義父母、兜太先生をはじめ、愛しい存在達への挨拶句です。

第一句集出版にあたり、故兜太先生から「海程」誌上にいただいた言葉を、帯文並びに「序文に代えて」に引用させていただきました。ご許可くださいました金子様に心より御礼申し上げます。

また、栞文を寄せてくださった、「海原」代表の安西篤さん、「豆の木」代表のこしのゆみこさん、「青い地球」同人の日下部直起さん、「平」代表の仲寒蟬さん、本書を編むに際し、常に優しくサポートしてくださった担当の筒井菜央さん、栞文をお寄せくださると共に、構成に的確なご助言をくださった鴇田智哉さん、装幀の佐野裕哉さん、写真家の鈴木理策さんに、心より御礼申し上げます。

満開の桜から現れて、読み終えたら桜に戻るような本。素晴らしい写真と出会えて、その願いが叶いました。

最後に、永遠の師である兜太先生に、本書を今手にされている皆様をはじめ、洋の東西を問わず今まで俳句にご縁をいただいた全ての皆様に、そして最愛の家族に、日本の美しい感謝の言葉を、心を込めて捧げます。

ありがとうございます。

二〇二四年五月　風薫るマンハッタンにて　月野ぽぽな

略歴　月野ぽぽな

1965年　信州伊那谷生まれ
1992年より　米国ニューヨーク在住
2002年　句作開始
2004年　「海程」入会　金子兜太に師事
2010年　第28回現代俳句新人賞受賞
2017年　第63回角川俳句賞受賞

現在　「海原」「豆の木」「青い地球」「平」同人
現代俳句協会会員

email: poponapp@gmail.com

句集　人のかたち

二〇二四年七月三十一日　第一刷発行

著者　月野ぽぽな
企画協力　鴇田智哉
発行者　小柳学
発行所　株式会社左右社
〒一五一－〇〇五一
東京都渋谷区千駄ヶ谷三丁目五五－一二ヴィラパルテノンB1
TEL　〇三－五七八六－六〇三〇
FAX　〇三－五七八六－六〇三二
https://www.sayusha.com
印刷所　創栄図書印刷株式会社

ISBN978-4-86528-418-8